ISUZU OSAKA
BAROQUE

My Dear Curse-casting Vampiress

Chisaki Kanai

1

Aus dem Japanischen von Antje Bockel

Inhalt

Kapitel 1
VRUOMMM...
ZITTER ZITTER
Schweigen wir jetzt uns an, bis wir vor Ort sind...?
Worüber könnten wir... ähm...
W...Weiß jemand was?
Okay, ich hab was!

Vor langer Zeit gab es in dieser Welt eine Vampirin...
... namens »Baroque«, deren allzu große Schönheit ein Verhängnis war...
Ihre Schönheit...
... war so atemberaubend, dass es mit Worten kaum zu beschreiben war...
... und überstieg den Verstand eines jeden, der sie erblickte...

... der mit Suizid endete.
Ihr Anblick führte zum Bruch der eigenen Psyche...
Ihr braucht keine Angst mehr zu haben.
... und nutzte ihre Schönheit ausschließlich dafür, die Menschen vor den Vampiren zu beschützen.
Baroque liebte die Menschen...
Aber...

Sie ist eine Dä-monin!
Sie will uns nur einlullen und dann fressen!
Fallt nicht auf sie herein!
... die schwachen Menschen fürchteten Vampire so sehr...
... dass sie ausgerechnet Baroque, die sie doch vor den Vampiren beschützt hatte...
... und ihre einzige Rettung war...
... einsperrten.

Die Geschichte ist erfunden, oder?
Tja, wer weiß?!
Ein großer Teil der Menschen glaubt an diese Legende.
Echt?
Hey, gibt es auch hier im Truck…
… jemand, der die Geschichte von »Baroque« glaubt?
Anti-Vampir-
HA HA
Durch Schönheit töten? Kann ich mir nicht vorstellen!
Ich glaube eher an Muskeln.
FH
Ganz deiner Meinung!
GAKONK
Also dann, gehen wir!
ANTI
Anti-Vampir-Sicherheitskräfte
VAMPIRE SAFETY FORCE
SAFETY FORCE

Wir jedenfalls töten Vampire durch körperliche Gewalt…
AVS 1 am Tatort angekommen!
Was, wenn der Vampir in die Sporthalle kommt…
Mach dir keine Sorgen! Die Sicherheitskräfte kümmern sich darum!
Er darf auf keinen Fall in die Sporthalle eindringen!
ANTI Anti-Vampir-Sicherheitskräfte VAMPIRE SAFETY FORCE

Anti-Vampir-Sicherheitskräfte A – VSF
Ihr müsst ihn um jeden Preis aufhalten!

!!
GOTONK
Das Blut alter Männer schmeckt miserabel.
Ich brauche was anderes…

Gebt mir Kinder!
TAMM
TAMM
TAMM
ESCHHHH
GTSCH
GRABB
UWAH!
Eure Treffer machen mir nichts aus! Meine Regeneration ist schneller!
AH!

?!
HACK
GAAAH!
GUAH!
KRA
CH

Sch...
KLIRR
GUHAH!
Kommandant Isuzu!
GAAAAH!
HACK
DAMMM
Das Messer und die Scherbe behindern die Regeneration! Bastard...!

RATSCH
Anti-Vampir-
Sicherheitskräfte
A-VSF
GU...
AH!
GH!

KLIRR
Er haut ab!
Er ist aus dem Schulgebäude geflohen... Verfolgen!
Der Vampir hat sich zurückgezogen.
Die Evakuierung ist aufgehoben.
G...Geht es Ihnen gut?
WAH
Vielen Dank, dass Sie uns gerettet haben...!

Kommandant Isuzu!
Gleichfalls!
Ich kann nicht aufstehen... könntet ihr mich tragen?
Selbst Kommandant Isuzu, unser Spitzenmann, schafft es gerade so, einem Vampir einen Arm abzuhacken...
Zum gegenwärtigen Zeitpunkt sind auf der ganzen Welt, aber hauptsächlich in Japan, bereits über 1000 Menschen...
... »Vampiren« zum Opfer gefallen, und es werden immer mehr.
Tafel bekritze
Kein Ausgang nach 17:00 Uhr.
Informationen zu
Auftauchen von

Mehrere Mordopfer
Wir gehen in die Zeit zurück. Vor etwa 20 Jahren wurde in einem Vorort...
... eine Leiche entdeckt, der das gesamte Blut entnommen worden war.
Danach gab es jeden Monat...
... und bald einmal pro Woche...
... einen solchen Fund...
... bis schließlich vor drei Jahren die Täter in Erscheinung traten, die hinter dieser Mordserie steckten:
»Vampire«.
Als okkulte Wesen waren Vampire natürlich allgemein bekannt gewesen, aber...
... warum hatten sie jetzt angefangen, über Menschen herzufallen...?
Die Ursache ist weltweit immer noch ein Rätsel.

... suzu!
He, Isuzu, hörst du mich?
Hä?
Ich spreche davon, dass du gestern allein gegen den Vampir gekämpft hast!
Es geht wieder los...
Egal wie viele Leben du hast, sie werden nicht reichen!
DOTZ
DOTZ
Du sollst nicht...
... jedes Mal vorpreschen!
DOTZ
1HIT 2HIT 3HIT
Nicht aufregen!
Dieses Hähnchen ist so lecker!
Extra knusprig!
Gießt du Öl ins Feuer?
GRABSCH
Im Gegenteil!
KNIRSCH

Ich fasse es nicht...! Immer dieses Grinsen!
KRICKS KRICKS KRICKS
ANTI
Aber es ist nun mal so...
Jedes Mal, wenn Sie mich maß-regeln...
... hilft mir das, in den Alltag zurück-zukehren.
GRINS
ANTI
Anti-Vampir-
Arrrgh, dieser ver-dammte Charmeur!
FOMP
Wie soll man auf ihn wütend sein...
?
SEUFZ
Warum bist du immer so scharf darauf, gefährliche Aufgaben zu übernehmen...
Hast du keine Angst?
Angst ...?

Nein, ich trete selbst riskante Missionen, vor denen jeder zurückschreckt und die nicht schiefgehen dürfen...
... mit vollem Optimismus und Einsatzbereitschaft an.
Du...
Ich habe viel mehr Angst davor, dass es unnötige Opfer gibt.
Dass Kollegen getötet werden...
SCHLRRRRRF
UH!
SCHLRRRRR
AH!
GRINS

Es ist bedauerlich, dass gestern ein Neuling in Ausübung des Dienstes gestorben ist.
Damit wurden bereits über 200 meiner Kameraden von Vampiren ermordet.
LÄCHEL
Ich bin bereit, jedes Mittel zu ergreifen, um meine Kameraden vor diesen Blutsaugern zu beschützen.
...
Dann hast du...
... doch wohl keine Zeit, dich mit solchen Hirngespinsten zu beschäftigen, oder?
ST
!

Baroque, die Vampire killende Retterin aus der urbanen Legende...
... soll eventuell wirklich existieren?
ANTI Anti-Vampir-Sicherheitskräfte VAMPIRE SAFETY FORCE
Sie haben sich die ganzen Unterlagen durchgese-hen?
PFFF
Ja, habe ich. Alles totaler Unsinn.
Ich frage mich ja selbst, ob ich noch ganz richtig im Kopf bin.
KLACKER
Aber wo wir schon mal dabei sind...
KLACKER

... erzählen Sie mir doch ein bisschen, wie Sie darüber denken...
... Herr Abteilungsleiter!
!
Die ganze Sache ist schon recht fragwürdig...
Die von dir gesammelten...
... Berichte über eine wunderschöne Vampirin, die Menschen gerettet hat, oder...
... die Fotos von Särgen, die überall in der Welt ausgegraben wurden und die Asche enthielten, die anscheinend von Vampirleichen stammte...
In diesen Unterlagen gibt es keinen »überzeugenden Punkt«.
Sie haben ja recht!
Aber...

... die Aktentasche neben ihren Füßen enthält diesen »überzeugenden Punkt«, nicht wahr?
Kann es sein, dass Sie beim Durchsehen dieser Unterlagen...
... Lust bekommen haben, in Ihrem eigenen Informationsnetz nachzuforschen?
Sie haben irgendetwas »Unglaubliches« entdeckt...
... und sind sich nicht sicher, ob Sie es mir zeigen sollen!

GNNH
Du hast mich drangekriegt…
FLÜSTER
FLÜSTER
Bitte frag mich nicht, wie ich hier drangekommen bin…
Es kann sein, dass der Staat insgeheim…
… einen Vampir gefangen hält.
?!
Es sind Protokolle der Vernehmung eines Vampirs.
Sie beginnen vor 20 Jahren und dauern bis heute an.
Vor 20 Jahren… das war doch, bevor der Staat die Existenz von Vampiren anerkannt hat!
Handelt es sich bei diesem inhaftierten Vampir etwa um…

...
Selbst du würdest...
... sicher niemals heimlich in eine staatliche Einrichtung eindringen, um dort nachzuforschen... nicht wahr?
Ahaha!
ANTI
Anti-Vampir-Sicherheitskräfte
Danke, dass Sie sich meinetwegen Sorgen machen.

ば
BLA
ん
MM
gsinstitut
SIRR
RICK
RACK

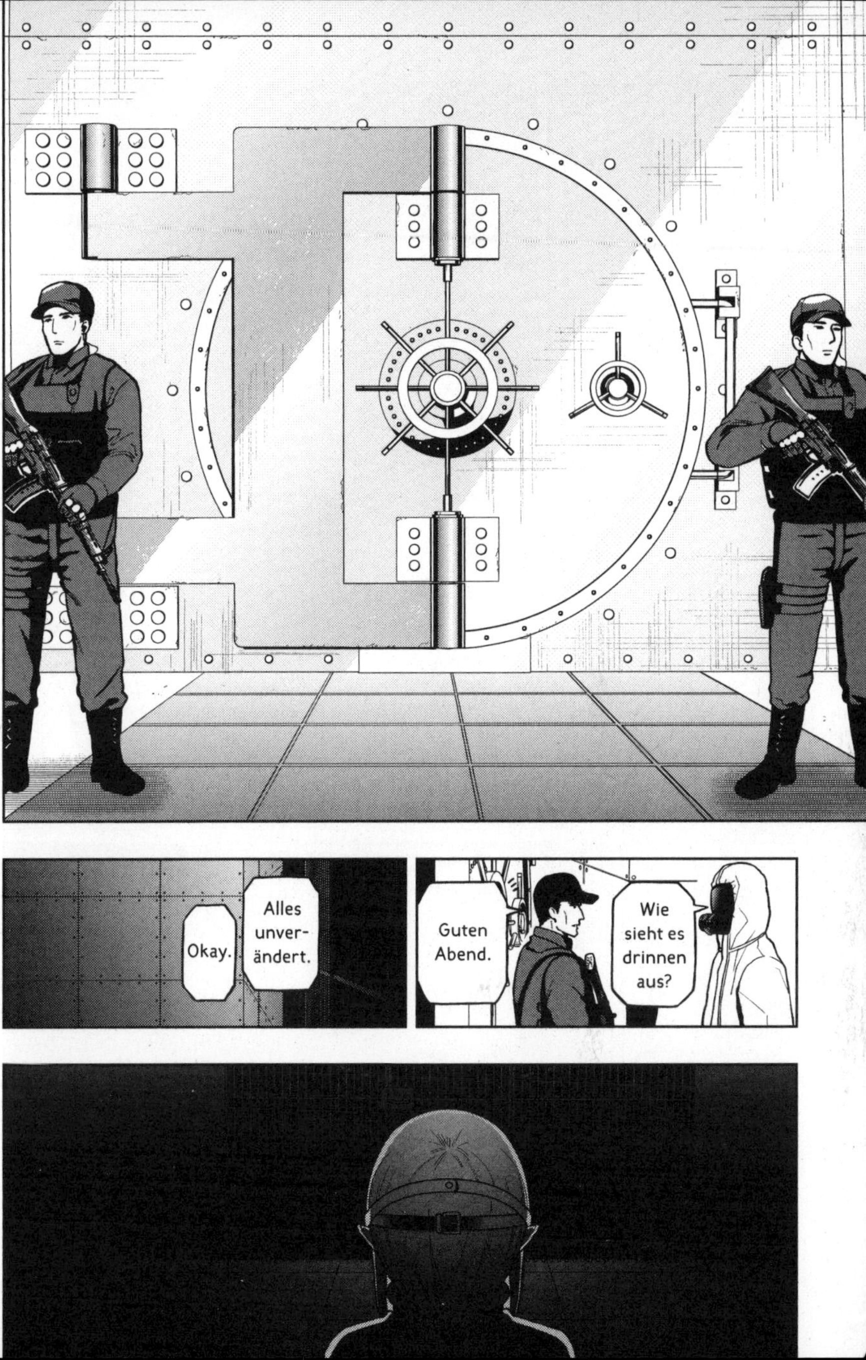
Wie sieht es drinnen aus?
Guten Abend.
Alles unverändert.
Okay.

Nutzlose Schlampe! Erzähl uns endlich, wie du die Vampire umgebracht hast!
Stures Ding! Auf den Protokollen hört man nichts außer Schmerzensschreien!
Weg da, alle beide! Ihr Gesicht beginnt sich zu regenerieren, ich verbrenne es noch mal!
Wie lange soll das noch so weitergehen...?

SCHEPPER
!

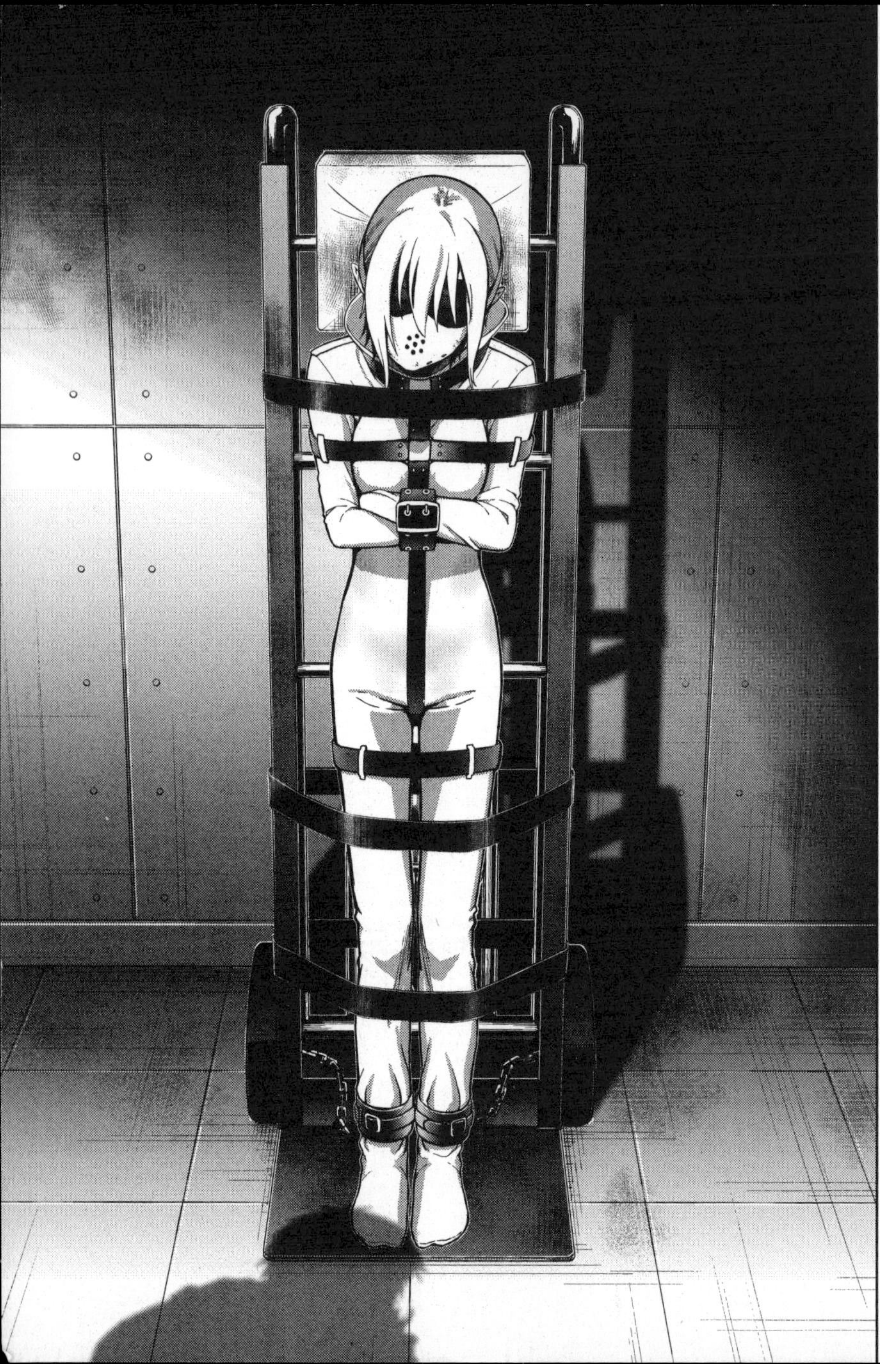

!
Es heißt, Baroque sei so unerträglich schön…
… dass jeder, der sie erblickt, sich selbst tötet.
Aber die Vampirin vor mir…
… kann ich beim besten Willen nicht als »schön« bezeichnen…
Wie grausam…
Es wäre kein Wunder, wenn sie die Menschen hasst.

Doch selbst wenn ...
Verzei-hung... falls Sie...
... die »Vampirkille-rin Baroque« sind...
RICK RACK
... bitte ich Sie, mit mir zu kommen.
Ich möchte, dass Sie mich dabei unterstüt-zen...
... die Menschen vor den Vampiren zu retten.
Und...

ST
... ich möchte mich bedanken.
Vielen Dank, dass Sie uns für so eine lange Zeit vor den Vampiren beschützt haben!

Danke ...
Du... bist...
... der... er... ste...

!
Ft
...
Wen...
... soll... ich... töten...?

BIIIEP
Was hat das zu bedeuten?!
Die Zelle ist leer!
Scheiße!
Wo ist sie?!
BIIIEP
Das heißt also...
... ich soll den ehemaligen Besitzer dieses Arms töten... richtig?

Ja...
Nicht nur dass er mit Vorliebe Kinder angreift... dieser Vampir ist auch noch besonders brutal.
Ver-stan-den.
KLACK
Ich habe mir alles einge-prägt.
Sie brauchen das nicht mehr anzu-ziehen.
Es ist schwer und tut bestimmt weh... das Ding.
...

Ich... bin eine Vampirin.
Es könnte doch sein... dass ich dich verletzen könnte.
Das ist richtig.
Aber...
Passt schon.
Komischer Mensch ...
Aber mal zum eigentlichen Thema...

Sind Sie wirklich »Baroque«?
...
Wie willst du feststellen, ob ich...
... »Baroque« bin oder nicht?
GNH
Ich mach einfach das hier.
ST
Es heißt, wer Baroque ansieht, bringt sich um...
Was?

RASCHELN…

Kh...
Sie ist ein Mädchen...
Ich...
... lebe noch... nicht wahr?

Ja, denn es ist eine erfundene Geschichte...
... dass man stirbt, wenn man mich sieht...
Aber wenn das Gerücht wahr gewesen wäre...
... wie hättest du dich dagegen geschützt?
Du hättest ...
... doch sicher den Kopf gesenkt, oder...?
Du bist wirklich komisch ...
Die Methode, mit der ich Vampire töte... hat nichts mit Schönheit zu tun.

Was meinst du damit...
WACK
UGH!
AH!
GH!
Du hast es gewagt, mir meinen Arm abzureißen!

Dafür werde ich dich zu Tode quälen!
Der Vampir!
GAH!

Komm her!
UH!
KLIRR
Kannst du drei Minuten durchhalten?
?!
NICK
Drei Minu- en...?
Na, so was ...
Ich dachte gerade, hier riecht es doch nach Vampir, aber...

... es ist ja nur ein Feigling, der sich aus lauter Angst vor mir...
... ver-krochen hat!
!
Ich dachte schon, ich müsste mich mit ihm um meine Beute streiten, aber die Sorge war wohl unbegründet!
PRESS
Also tue ich mir keinen Zwang an!
WACK

PRESS
GHGHGH
UH
Wie lange wirst du wohl durchhalten?
Der Bordstein!
Ich kann nicht aus-wei...

RATSCH
KRITZSCHHH
GNH
Verdammt! Ewig halte ich das nicht mehr durch!
Der Kerl hat mit seinem Fuß...
Versuch das beim nächsten noch mal!
?

Ein Finger...?!
Was hat sie da...?
RUTSCH
?!
KRABBEL
KRABBEL

WOMMM
Was ... ?
GNNNNNH
ZACK
UWAH
Wa...
Was ist das...?!
!
Das ist meine Hand, du Miststück!

Ich bring dich um!
KRA
CKS
?!
Hey! Ich bin ...
... dein Geg-ner!
?!

Wieso verteidigt ein Mensch einen Vampir?!
HSSS
FHHHH
TACK

Verbun-
den...
BWUSCH
FRÖSTEL
Wa...
Was
ist
das?!

I...
Ich...?!
GAAAH!
KNACK
GH
GAAAH!
?!
GH!
Ich töte Vampire...
GAAAAH

... indem ich sie verfluche!
!

Verflu-
chen?!
Aber
das...
ZERR
GAUH!
GH!
Weißt
du...
?
... warum
Vampire
sterben...
... wenn
ihr Herz
zerstört
wird?
GAH!
GH! GH!
Weil das
Herz... das
einzige Organ
ist, das...
Nicht!
... »Zauber-
kraft« erzeu-
gen kann, die
Quelle ihrer
Vitalität.

Vampire werden durch Magie geboren...
GITSCH
... und sie sterben durch Magie.
GAAAAAH!
GUAH!
AAH!
Was hast du... mit...
UH!
... meinem Herz vor?!
AH!
BADUMP
BADUMP

GAAAAH!
PTSCHHHH
Ruhe in Frieden ...
... armer, trauriger Vampir!

TONK
!
Sie existiert tatsächlich!
Die Vampir-killerin »Baroque«!
BLINK

Ein Panzerwagen!
Die sind aus dem Forschungsinstitut...
BLINK
Von vorne auch!
Baroque ...!
!
Du musst raus aus dem Wagen... und flie ...
Mh?!
FLATSCH

Tut mir leid ...
Bitte! Lass mich zurück...
Ich ver... liere das... Bewusst-sein...
SICKER
BUBUMM
BUBUMM
BUBUMM

Du musst dich... nicht...
... zusammenreißen...
Es wäre blöd ...
... wenn sie dich fangen... nur weil du ausgehung... ert bist...

He...
GNH
... du darfst mich doch nicht er- muntern!
FH
?

Kapitel 2

研究所
ZERR
Aufwachen!
Kommandant der 1. Einheit der 7. Kompanie der Anti-Vampir-Sicherheitskräfte Isuzu Osaka!
BLINZEL
!
Wir beginnen jetzt mit Ihrer Vernehmung.

1080P
REC
00:05:26:30
Ist das der Mann...
... der Baroque entführt hat?
Ganz allein... was haben die Wachen getrieben?!
Er hat sie aus eigener Kraft gefunden...? Das Top Secret Objekt Baroque?
Er hat Baroque freigelassen und das Leben unserer Bürger in Gefahr gebracht!
Wobei wie durch ein Wunder kein Zivilist zu Schaden gekommen ist...
... und auch Baroque glücklicherweise unversehrt und widerstandslos in Gewahrsam genommen werden konnte.
Allerdings ...

... war es eine anerkennenswerte Leistung, dass er Baroque dazu gebracht hat, den Vampir zu töten.
Dass Baroque durch »Verfluchen« töten soll...
Das entspricht nicht den Gerüchten...
Verfluchen, das ist doch absoluter Unsinn! So etwas gibt es nicht!
Was machen wir mit Osaka?
Was soll die Frage? Er ist ein Verbrecher!
Die Entscheidung der Konferenz bleibt unverändert...
...
... Vizeverteidigungsminister Sakaki.

Isuzu Osaka...
NUPP
Es wurde entschieden, dass Sie, sobald Ihre Vernehmung beendet ist...
... durch einen »Unfalltod« beseitigt werden.
HAHAHA
Tote reden nicht, nicht wahr?
STAUN
Eine Bemerkung, bevor ich umgebracht werde...
... Vizeverteidigungsminister Sakaki...

Könnten Sie Baroque nicht bitten...
... bei der Vernichtung der Vampire zu helfen?
Der Beweis ist erbracht, dass sie einen Vampir erledigen kann...
... ohne Menschen dabei Schaden zuzufügen.
Ja, denn es ist eine erfundene Geschichte...
... dass man stirbt, wenn man mich sieht...
Meinen Sie nicht, dass es ein Verlust für den Staat ist...
... Baroque einfach nur wegzusperren?
Was den zukünftigen Umgang mit Baroque betrifft...

... wurde entschieden, dass sie...
... genau wie bisher unbefristet inhaftiert bleibt.
1080P
REC
Sind die noch bei Verstand?

Haben Sie das Video gesehen, das ich aufgenommen habe?
Sie hat keinem Menschen auch nur den geringsten Schaden zugefügt!
Wir sollen einem Video trauen, das ein Dieb gemacht hat?
!
Und vor allem…
… ist die Existenz von Flüchen ohnehin ein Hirngespinst…
Doch selbst davon abgesehen: Baroque zu benutzen, um Vampire zu töten, birgt einfach zu viele Risiken.
Baroques Verhalten war wundersamerweise extrem liebenswürdig.
GNH
He…
He…
Diese Leute machen einen großen Fehler!
GNH
Mein Misstrauen gegenüber Baroque hat sich eher noch vertieft.
?!

TONK
Ich frage mich nämlich, ob sie dich nicht durch einen Fluch oder was auch immer getäuscht hat?
!
Wenn Verfluchen möglich ist, dann ist die erste Frage, die ich mir stelle...
... ob Baroque nicht versucht hat zu fliehen...
!
GH
... indem sie dich manipulierte!
Kurzum...
... es gibt reichlich zweifelhafte Punkte, bei denen ich einhaken könnte.
!
FH

1080P
REC
Sie haben also die Möglichkeit ausfindig gemacht, dass sie mich durch ein »Hirngespinst« manipuliert hat...! Sie setzen...
... offenbar große Erwartungen in Baroque, nicht wahr?
Nun, verständlich, wenn man sich mein Video ansieht.
Jetzt hat er den Spieß aber umgedreht!
Als sie den Vampir erledigt hat...
... haben wir doch sicher alle die gleiche Vision gehabt.

Wäre es möglich, die Bedrohung durch Vampire zu beseitigen?
Wann hatten Sie zum letzten Mal diese Hoffnung?
Talfahrt dauert an
Der Einbruch des Nikkei-Index aufgrund der Vampirverbrechen nimmt kein Ende.
Sie sind durch die Maßnahmen zur Bekämpfung der Vampire und die Kritik daran erschöpft, oder?
Möchten Sie die gegenwärtige Situation nicht ändern?
Ich werde bald sterben, aber...
... Sie können frei entscheiden, wie die Zukunft dieses Landes aussehen kann.

…
BBBH
BBBH
Verzei-
hung…
PSSS
KLICK
Ja, ich bin
noch mit
Sakaki im
Institut.
SEUFZ
Ver-
dammter
Sakaki…
Ich hab ihm
doch gesagt, er
soll die Sache
schnell erledigen!
GRABSCH
KRANG
Hm?

!
Aber kann man Baroque wirklich kontrollieren?
Diese schwerfälligen hohen Tiere...
Ich führe nur Selbstgespräche, aber...
... wenn Sie weitermachen wie bisher, werden Sie scheitern.
Ich denke, man muss Baroque jemanden zur Seite stellen, der eine Vertrauensbeziehung zu ihr aufbauen kann.
Das sagen Sie so leicht ...
Wem könnte man so eine Aufgabe anvertrauen?
...

Jemand, der gegenüber Baroque und ihren Flüchen nicht voreinge-nommen ist...
... der Erfahrung im Kampf gegen Vam-pire hat...
... und möglichst auch nicht auf den Kopf gefallen ist...
Wo sollen wir so einen Supermann hernehmen?
WUMM
WUMM
WUMM
WUMM
Vizevertei-digungs-minister Sakaki!
!
Was ist?
RATTER
Verzei-hung!
Das ist ein Notfall!

ZUCK
Ein Vampir ist in die Einrichtung eingedrungen!
Verteidigungsminister Yasumori, der sich im vierten Stock aufhielt...
... wurde ermordet!
!

Die Wachen haben keine Erfahrung im Kampf gegen Vampire...
... deshalb hat es bereits über die Hälfte von ihnen erwischt...
Über die Hälfte?! Das ist ja...
Der Vampir hat nur einen Satz gesagt...
Wo ist Baroque?
Wieso kennt er diesen Ort?
Also ist einer von Baroques Gefährten gekommen, um sie zurückzuholen!
Es könnte auch das Gegenteil sein...
Das Gegenteil ...?!

Er ist hier, um Baroque zu töten.
Wie auch immer! Wenn ihn niemand aufhält, werden wir alle massakriert!
Wir müssen fliehen, Vizeminister Sakaki!
Wartet!
Da wir das Ziel des Vampirs nicht kennen…
… müssen wir Baroque töten, bevor sie ihm in die Hände fällt!
Finden Sie nicht, dass man vor einer Entscheidung zumindest die betroffene Person befragen sollte?
…

Verbindet mich mit Baroque.
PUH
Baroque, beantworte meine Frage!
Hier ist ein Vampir, der zu dir will.
Welche Beziehung besteht zwischen dir und diesem Besucher?
Hast du ihn hergerufen?
Sie sagt nichts, nicht wahr?
Mit Osaka hat sie geredet...
...

Der Mann, der dich hier herausgebracht hat, ist noch am Leben.
Wie wir mit ihm verfahren, hängt von deinem Verhalten ab.
Welche Beziehung besteht zwischen dir und dem Besucher?
...
Dieselbe wie immer.
Wie immer ...?
S...Sie redet!
Wenn dieser Vampir Menschen tötet...
... dann spielt es keine Rolle, ob er mir feindlich oder freundlich gesonnen ist.
Ich nehme mir von ihm...
... Material wie Haare, Fingernägel oder Körperflüssigkeiten...

... und töte ihn mit einem Fluch!
...
Hiii ...
Wärst du in der Lage, den Vampir...
... zu töten, der hier eingedrungen ist?
Natürlich.
Allerdings ...
... nur mithilfe des Mannes, der mit mir zusammen gefangen genommen wurde.
?!
Warum gerade er?

Weil ich mich...
... in ihn verliebt habe.

Gibt es noch einen anderen Grund?
Nein.
Verliebt …?!
Eine Vampirin in einen Menschen …?!
Schwachsinn! Das ist nur eine Ausre-de! Sie hat irgendetwas vor und will Osaka dazu benutzen!
WAH
RATTER
Was ist bei dem Gespräch mit Baroque herausgekom-men?

カチャ
KLACK
Wir setzen Baroque testweise zur Bekämpfung des Vampirs ein.
Ich ernenne Sie zu ihrem Assistenten, Isuzu Osaka.
Ich...?
W...Was hat das zu bedeuten?!

Warum stellst du Osaka Baroque zur Verfügung?
Wir könnten ihn genauso gut als Geisel nehmen und sie zwingen zu tun, was wir wollen!
Sie ist eine widerspenstige Kreatur, die seit 20 Jahren bei unseren Verhören nicht einen Mucks von sich gegeben hat.
Wieso ich?!
Ich denke, bevor noch größerer Schaden angerichtet wird, sollten wir lieber nachgeben.
Sakaki!
Ist das nicht eine perfekte Chance?
Um beurteilen zu können, ob wir Baroque einsetzen oder nicht, ist ein Test unabdingbar.
Lassen Sie uns diesen Test jetzt machen.
Dein Leben ist dabei auch in Gefahr...
Machen Sie sich keine Sorgen...

Nichts und niemand in dieser Welt ist unersetzbar.
Nutzen, was man nutzen kann, und wenn nicht, weiter nach »dem Nächsten« suchen, das ist die Geschichte der Menschen.
Baroque ist seit 20 Jahren eingesperrt.
All-mäh-lich...

WACK
TRAPP TRAPP
... hätte ich gerne eine Antwort auf die Frage...
... ob wir Baroque als Anti-Vampir-Maßnahme ...
... »nutzen« können oder nicht!
KLIRR
TRAPP TRAPP
Ich über-nehme die Verantwor-tung.
!
!
KRUIIIK

RASSEL
Hiii …
Ich bin dein Assistent. Auf gute Zusammenarbeit.
ST
Bitte haben Sie keine Angst.

Ich freue mich, dich wiederzusehen...
... Baroque!
Ganz meinerseits.
Also...
DZZZT
Bitte informieren Sie uns über den gegenwärtigen Stand der Dinge.
...

TACK
TACK
TACK
KRACH
HI!!
GAAAAH
Schaltzentrale
UWAH!
Er hat bereits alle Räume vom vierten bis zum zweiten Stockwerk gründlich durchkämmt und anwesende Personen attackiert.
Seht zu, dass ihr fertig seid, bevor er euch da unten im zweiten Untergeschoss aufspürt!
STD

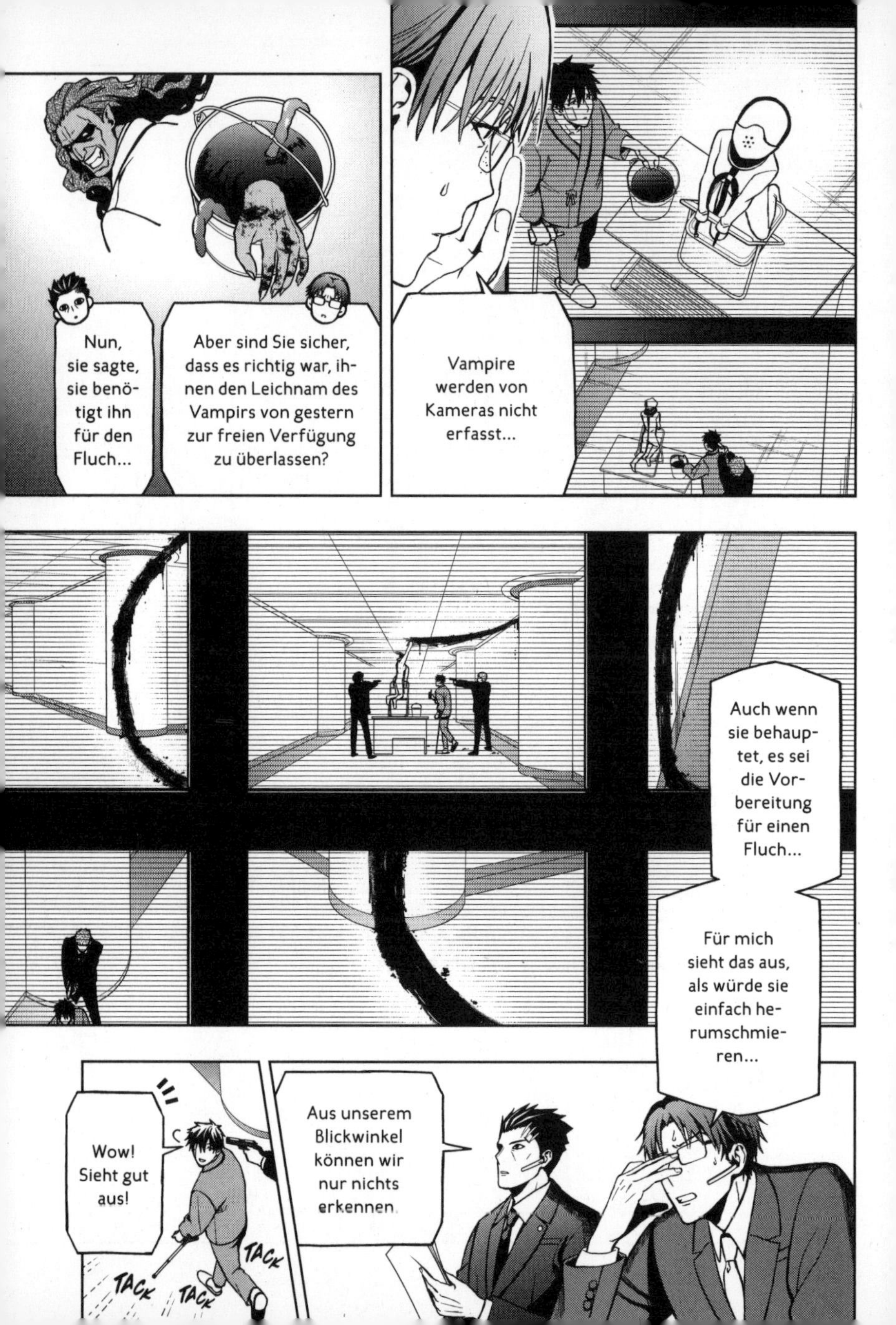
Vampire werden von Kameras nicht erfasst...
Aber sind Sie sicher, dass es richtig war, ihnen den Leichnam des Vampirs von gestern zur freien Verfügung zu überlassen?
Nun, sie sagte, sie benötigt ihn für den Fluch...
Auch wenn sie behauptet, es sei die Vorbereitung für einen Fluch...
Für mich sieht das aus, als würde sie einfach herumschmieren...
Aus unserem Blickwinkel können wir nur nichts erkennen.
Wow! Sieht gut aus!
TACK
TACK
TACK

Es ist gleich fertig, nicht wahr?
Erstens kann ich damit den gesamten Flur verfluchen...
... und zweitens ist der vollendete magische Zirkel von seiner Route aus nicht zu sehen, da er genau aus der entgegengesetzten Richtung kommt.
PT
Magie hat grundsätzlich...
... den Schwachpunkt, dass ihre Wirkung abgeschwächt wird, wenn der Feind die Installierung mitbekommt...
Super, dass dir diese Möglichkeit eingefallen ist, es zu verstecken...
Ach... iwo...

Du musst jetzt nur noch auf die hintere Wand malen?
Ja...
Ich habe mir bei deiner Entführung bereits Gedanken über die toten Winkel in diesem Gebäude gemacht.
KRUIK
Bastard!
Setz dich auf meine Schulter!
Vielen Dank!
TSCHUPP
!
Ich trag dich rüber.
He! Du kannst nicht einfach machen, was du willst!
FLÜSTER
Darf ich dich fragen, warum ich hierfür gerufen wurde?

Die Sache ist die: Ich werde zwar den Vampir erledigen...
... aber dann alle hier anwesenden Personen töten.
Für Vampire ist menschliches Blut Nahrung für den Geist.
Wenn ich kein Blut trinke, übernimmt der Instinkt und ich greife Menschen an.
Bei der nächsten Anwendung von Magie erreiche ich vermutlich mein Limit.
Dabei will ich dich doch keiner Gefahr aussetzen...
Es tut mir leid...

Würdest du...
... mir vielleicht etwas von deinem Blut abgeben?
Ich freue mich, dass du...
... dich mir anvertraust.
Was ...?
Ha ...
Denn gestern hast du abgelehnt, obwohl ich es dir angeboten hatte.
Hinter dem Pfeiler dort sind wir für die Kameras und die Leute hinter uns im toten Winkel.
!
3
2
1

Hier Sakaki!
Alle Mann in Kampfbereitschaft!
?!
Jemand aus dem Forschungsteam hat Baroques gegenwärtigen Aufenthaltsort verraten!
Er kommt!

B2 B1 1 2 3 4 5 6
DONG
SHEPPER
Wartet!
Ihr habt es mit einem Vampir zu tun!
Bleibt hier!
STÜRM
ZACK

PAT
SCH
HI!!!
WOCK
AH...
AH...

KRACH
Was willst du von mir?
Willst du jemanden rächen? Oder einen Bodyguard, damit du nicht im Schlaf ermordet wirst?
Ha-ha-ha-ha-ha!
Als würde ich mich aus solch albernen Gründen in Bewegung setzen!

Baroque...
... ich freue mich sehr, dass ich einem so berühmten Star begegnen darf!
Star ...?
Mordwaffe unbekannt, Identität unbekannt, Verbleib unbekannt.
Die von Rätseln umgebene, lebende Legende!
Tatsächlich hat mir meine Tochter wegen eines Geburtstagsgeschenks in den Ohren gelegen...
KRAM KNISTER
Ich kann dir sagen, das ist nicht lustig!

»Sie will Baroques Kopf auf ihrer Party!♥«
?!
!
DAMM
Sei so nett und wehre dich nicht!
Verletzungen würden deinen Wert verringern.

DOWO
MM
TACK
TACK

TACK
Du nervst, Grünschnabel.

WOCK
KIPP
Na, so was!

Du atmest immer noch?
OH...
BWUMM
ST
BLAMM
Was war das denn für ein mickriger Angriff?
HH
HH

RUTSCH
Ist dein Beiname »Vampirkillerin« etwa nur Angabe?
GAKONK
Ich bin es nicht, die dich töten wird.

BWU
SCH
Baroque-Stil »2. Talisman des Saturn«
Anstellung eines Totengeists
Wieso ist die Luft hier so schwer...
»Bedingung 1« Der Gegner ist im Inneren des magischen Zirkels.
»Bedingung 2« Die Beschwörung wird an einem Samstag drei bis vier Stunden nach Sonnenuntergang ausgeführt.
»Bedingung 3« Der magische Zirkel wird mit der Leiche eines Vampirs gemalt, den Baroque in ihren Dienst genommen hat.

Du kannst mit dem Herzen dieses Vampirs machen, was du willst.
Herz!

Ich kann mich nicht bewegen!
AH!
UH!
Gemein!
Widerstand ist zwecklos!
Die Beschwörung erodiert die »Zauberkraft«, die Lebensquelle der Vampire.
IIIH...
HAPP

HAPP
GAAH
AH...
HAPP
HAPP
HAPP

Ist das der Geist des Vampirs von gestern...?
!
Hat sie es... geschafft?
Baroque ...!

Ich bin froh... dass ich dir begegnet bin.
Töte mich!
!
GAH!
NGH! H!H!
Nein!

OOOO
HO
GH GH
?!

GAAAH
WACK

HAPP
HIAH!
ARGH!
GAH!
SCHLLLL
UH!
UAAAH!

PRESS
!
Vizeminister Sakaki, Baroque ist...

UUUH!
GAAAAH!
BTSCH
BTSCH
SCHLUCK
A U!
SCHLUCK
SCHLLLLL
GAH!

!
SCHRECK

!
D...
Du...

Du bist ...
... nicht mehr so blass!

Warum ...
... bin ich...
... am Leben...?
Das darf doch nicht sein!
Osaka, Sie sind noch bei Bewusstsein, richtig?

Wir werden Baroque weiter einsetzen.
Sie werden ihr weiterhin zur Seite gestellt.
Als Erstes werdet ihr die Vampire in Japan ausrotten!

Kapitel 3
ISUZU OSAKA
BAROQUE

Isuzu? Der ist weggezogen!
Was...?
Auf einmal... war die Wohnung leer.
Wenigstens auf Wiedersehen hätte ich ihm gerne gesagt!
!

Und sie ist wirklich hier?
Wenn nicht, knete ich dich ordentlich durch!
WAH!
Du knetest doch jetzt schon!
KNEK
KNEK
Ruby! Hör auf!
Ihr da!
!
!
Es ist gefährlich, um diese Zeit draußen herumzulaufen!
Wo wohnt ihr? Wo sind eure Eltern?
Hä?
Wollt ihr etwa von Vampiren gefressen werden?!
Nix »Hä«!

WOMM
Manno-mann...
FSCHHHH
Wo ist nur diese maga seltene Vampir-Beauty Baroque?

Papa schenkt sie dir zum Geburtstag!!
Du kannst dich schon mal drauf freuen!
Mein Vater ist ja gleich losgerannt... ich hoffe, er hat sie noch nicht geschnappt!
Kannst du das nicht einfach deinem Vater überlassen?
Auf gar keinen Fall!
Der Moment, in dem man ein schönes Mädchen, das...
... nicht leicht zu zähmen ist, in Besitz nimmt...
... ist die aaaabsolute...
... Wonne! ♡

Ich glaube, da ist nicht mehr viel zu machen.
Bitte retten Sie diesen Mann!
Ich tue alles...
... was in meinen Kräften steht...!
BLINZEL
RAPS
Baroque ...!
?!

Wo bin ich...?
STECH
Was ist passiert, nachdem Baroque mein Blut getrunken hatte...?
GAAAH
WACK
Osaka, Sie sind noch bei Bewusstsein, richtig?
Wo ist Baroque jetzt...?

ZUPF
Ba...
Baroque! Du bist hier...?!
Ich bin...
... so froh!

Sie weint?!
ZACK
Alles in Ordnung? Bist du verletzt...?
Ich hätte dich beschützen müssen!
Was?
I...Ich bin nicht verletzt...
Ein Glück...!
PUH
Richtig! Baroque...
Brauchst du Blut?
Wenn meins okay für dich ist...
...
Hmm...

Ich bin wütend auf dich.
?!
Weißt du, warum?
Äh...?

Ich habe nicht die leiseste Ahnung!
War es, als sie den magischen Zirkel gemalt hat...? Oder habe ich während des Kampfes etwas Dummes gemacht...?
Ha!
Sie werden ihr weiterhin zur Seite gestellt.
Du findest, dass ich als dein Partner...
... ungeeignet bin?
Haschuheh!
ふよ
ZIEP
Das denke ich nicht im Entferntesten!
Ich bin wütend, weil...

Sie sind also schon wieder bei Bewusstsein? Respekt!
?!
S...Sie hier...
... Vertei-digungs-minister Sakaki?
ZACK
Ganz ruhig. Für den Mo-ment passiert euch nichts.
GNH
Wir haben keine Zeit. Schauen Sie sich das hier mal an.
RASCHEL
Was...
!

»Vampirkillerin« Baroque...
... »Ex-Kommandant der Anti-Vampir-Sicherheitskräfte« Isuzu Osaka...
... Sie haben bereits zwei Vampire erfolgreich vernichtet.
Sie werden auch in Zukunft...
... als Team zur Verteidigung des Landes Vampire töten.
Was geht hier ab...?
Ich töte Vampire, weil mir gefällt...
... wie dieser Mann versucht, andere zu beschützen.
BRZZ
Mir ist in diesen Unterlagen etwas aufgefallen...!
GRUMMEL
GRUMMEL
Ich brauche dafür keine Anweisungen von Ihnen.
Äh...
Ähm...
...

Und zwar der ethisch problematische Satz...
... dass Baroque und ich... zusammenwohnen werden.
Kleidung
Kleidung
Geschirr
Es ist Ihr Job, Baroque zu überwachen und zu betreuen.
?!
OK.
Aber das betrifft doch wohl nicht das Privatleben!
Bitte lassen Sie das eine Frau übernehmen!
STOPP!
Also mir ist es...
?!
Wenn wir unter einem Dach leben, wäre es nicht vollkommen auszuschließen...
... dass ich dich ungebührlich ansehe! Wäre dir das nicht unangenehm?!

A...
ERRÖÖÖT
Also könnte auch ich zum Gegenstand solcher Blicke werden...?
...
...
Nanu?
Osaka, die meisten Menschen würden eher **nicht** auf die Idee kommen...
... Baroque als potentielles Lustobjekt zu betrachten.
?!
Immerhin ist sie eine Vampirin.
Ihre Wertvorstellungen weichen von denen normaler Menschen ab.
Hm ...

...
...
...
...
ZITTER
ZITTER
...
Gut ...
... vielleicht nicht in ihrem Fall.
Wenn du keine Angst vor mir hast...
... dann möchte ich mit dir zusammenwohnen...
Kommen wir zum Thema.
!
NICK
B...
Bist du sicher...?

Isuzu Osaka...
!
Sie werden sich jetzt mit Baroque...
... zur Inspektion nach Tokyo begeben.
Während Sie geschlafen haben, habe ich von Baro-que erfahren...
KRACKS
... dass es einen...

... Fluch gibt, mit dem man eine große An-zahl Vampire töten kann.
...
Ähm, ist das wahr?
Abhängig von Bedin-gungen wie Standort, Material etc. aber ja...

»Ich lasse nicht zu, dass meine Kameraden sterben«.
Dieses Ziel...
Besorgnis wegen Anti-Vamp
... ist bereits am dritten Tag nach meiner Begegnung mit Baroque...
... zum Greifen nah!
Sie wissen, was zu tun ist, Osaka?
Ja, wir müssen den optimalen Ort und die optimalen Materialien für den Fluch finden.
Ich sorge dafür, dass uns das gelingt!
Ja. Und auch deswegen...

... werden Sie Baroque küssen.
...
Was redet dieser Mann da...?
Ist das ein Witz...?
Was soll das denn auf ein-mal?
Baroque hat ausgesagt, dass sie in Sie verliebt ist.

Hm ...?
Wie bitte? Was erzählen Sie da?
Warum ?
Die hohen Tiere wissen es alle!
Die hohen Tiere?!
Baroque war in den 20 Jahren im Gefängnis wie eine stumme Schaufensterpuppe...
... wohingegen sie jetzt spricht. Allerdings nur, wenn es um Sie geht.
Ich bin zu dem Urteil gekommen, dass sie wirklich Zuneigung zu Ihnen empfindet.
Infolgedessen setzen die Regierenden und auch ich große Hoffnungen in Sie.
?!
TSCHUPP

ぽい
SCHUBS
Nämlich, dass Isuzu Osaka ein »Halsband« wird, das...
... sowohl Baroques Körper als auch ihr Herz steuern kann.
In diesem Sinne werden Sie diese Vampirin küssen.
GNH
Wa...?! Mom...
Abfahrt.
BLAMM
I...Ist alles in Ordnung?
!
Entschuldige! Ich rücke gleich weg!

?!
GONG
Wa...
Was machst du denn?
Bitte mach, dass ich diese Inspektion...
Dein Kopf... du hast dir den Kopf angeschlagen...

... heil überstehe!
Wir müssen bis zum Sonnenaufgang mit der Inspektion fertig sein.
Dann wäre es gut, wenn wir uns genau umschauen, nicht wahr?
Möchtest du dir eine aktuelle Karte ansehen?
Unbedingt!
Ich hab sie gleich.
ST
ST
Hier!
ST

Karte...?
Ja...
Ah...
So kann man sie vergrößern oder bewegen.
Huch ...!
Baroque war 20 Jahre lang im Gefängnis...
... deshalb ist das mehr oder weniger ihr erster Kontakt mit der modernen Kultur.
Was ist das...? Es hat keinen Knopf...
Vorstellung
Man nennt das ein »Smartphone«. Es ist ein mobiles Telefon.
...
Das sieht sehr hübsch aus...
RÜCK
Küsse sie!
Sie liebt dich.
Sakaki ...!

Schönen Dank auch für die überflüssige Einflüsterung…
Der Kussbefehl ist mir ja egal. Ich ignoriere ihn einfach.
ZAPPEL
Darf ich es anfassen?
ZAPPEL
Ich könnte Baroque gegenüber niemals so…
… niederträchtig handeln.
Nur zu!
Aber…
… ich weiß jetzt gar nicht mehr…
… wie ich mich ihr gegenüber verhalten soll.
Objektiv betrachtet ist es sicher das Beste, wenn ich ganz natürlich bleibe…
Nein, stopp mal kurz!
Liebeserklärung
Was bedeutet denn »natürlich«?!
Zusammenwohnen
Uwah, ich bin völlig verwirrt!

Ich hab noch nie erlebt, dass mein Verstand so lahmgelegt war...
Konzentrier dich auf die Inspektion!
PUH
RICKRACK
Vor dem Bahnhof Shibuya...
BOFF
!
Das hier ist der Bezirk, der am stärksten von Vampiren heimgesucht ist.
Wir müssen sehr wachsam sein!

Ist das...
... das Werk der Vampire?

Ja...
Es war ein einzelner Vampir, vor einem halben Monat.
50 Verletzte, 10 Tote.
Die Reparaturarbeiten stagnieren wegen der Ausgangssperre...
hof Shibuya
安全第一
Wie still es nachts ist...
... heutzutage!
Ja.
Also, folge mir.
TACK
TACK
STARR
...
Hwoh?!
WRRR

Wa... äh, was machst du?!
Ich trage dich, also beweg dich bitte nicht.
WAH
Äh, alles, was recht ist, aber...
... das musst du doch nun wirklich nicht...
Sei still.
?!
Sonst beißt du dir auf die Zunge.
!
WOMM

So bewe-
gen sich
Vampire
fort?
Wie
leicht
sich das
anfühlt!
Exorzismus,
Feng Shui,
Shinto...
MURMEL
Was?

Ich habe mir angeschaut, welche Methoden zur Dämonenabwehr gerade im Trend sind.
Sehr interessant.
Verstehe...
Von so was habe ich keine Ahnung.
Mit einem Kreuz kann man Vampire besiegen.
Wenn ich ein Kreuz oder etwas in der Art bekomme...
Nimm es einfach mit!
Das alles?!
FLATSCH
... weiß ich gar nicht, was ich damit anfangen soll.
?
Wenn es echte Magie ist.
FRÖSTEL

Hä?
Ah!
Das passt gerade sehr gut!
Weißt du, was dieser Salzberg bedeutet?
Das ist ein »Salzkegel«, nicht wahr?
Anscheinend vertreibt er Geister und so...
Es ist so was wie... ein Bann...
Ja, man glaubt, dass Salz...
... die Kraft hat, das Böse zu verscheuchen, weil es Lebensmittel vor dem Verderben...
... oder anders gesagt, vor »Unreinheit« schützt.
Schau!
?

BRIZZEL
BRIZZEL
Was ist das?
Der Salzkegel...
... versucht mich zu töten.
Baroque?!
Das macht mir nichts aus.
Der Erbauer ist nur ein zweitklassiger Magier.
Mehr als elektrostatische Entladung passiert da nicht.
Magier ...?
Das heißt, wenn ein »erstklassiger« Magier...
... diesen Kegel gebaut hätte...

Menschen können also auch eine solche Kraft haben...
!
Bei einem erstklassigen Magier...
... wäre mir zumindest der Arm weggerissen worden.
Aber wenn diese Menschen...
... dich aufs Korn nehmen würden, wäre es schon lästig.
Solche Geschichten sind nicht gut für mein Herz...
Es bedeutet doch, dass es außer mir noch andere Mittel gibt, Vampire zu besiegen.
Findest du das nicht erfreulich...?
!
So siehst du das?

Was sind »erstklassige Magier« denn für Menschen?
Da gibt es verschiedene. Was sie gemeinsam haben…
Die Kraft ist in den meiste Fällen vererbt, deshalb…
… stammen sie häufig aus Magierfamilien.
Außerdem… regenerieren sie sich extrem schnell…
… und unter Vampiren heißt es…
… dass ihr Blut ganz besonders köstlich ist…
… soweit ich gehört habe…
Gibt es in deiner Verwandtschaft…
… nicht vielleicht auch Magier?

Isuzu Osaka besitzt eine unglaubliche Regerations-fähigkeit!
Gestern hing sein Leben noch am seidenen Faden, und heute war er putzmunter!
KLACK KLACK
KLACK
Was ist er für ein Mensch?
Bestleistungen auf der Militäraka-demie, Ass der Sicherheitskräfte, genießt vollstes Vertrauen...
... Beförde-rung zum Oberst nicht unwahr-scheinlich.
Er gehört zur Elite! Warum hat er...
Jetzt ist er ein Staatsverbrecher, weil er Baroque entführt hat...!
TONK
Verteidigungsminister Hajime Sakaki
Es ist kein Wunder, dass der Mann abweichen-de Wertvorstel-lungen hat.
?!
Osaka...

Ich habe nur Erinne-rungen...
... an das letzte Jahr...
Ich weiß auch nicht viel... über meine Verwandt-schaft.

Entschuldige, dass ich dir das jetzt erst erzähle...!
Was... bedeutet das?
...
Vor einem Jahr wachte ich auf und lag in einem Krankenhausbett.
?
Können Sie uns Ihren Namen sagen?
Nanu...?
大学病院
KRIZZEL
y = 4x

Glücklicherweise konnte ich mich an das Wissen etwa bis zu Mittelschule erinnern, aber...
Mathematik I
... Familie...
... Freunde...
... Kollegen...
... alle »menschlichen Beziehungen« waren komplett ausradiert.
Weder die Polizei noch die Ärzte kennen den Grund.
Man hatte mich wohl unverletzt auf der Straße liegend gefunden, aber...
Alles okay?
Bewusstlos...
... Puls normal...
... niemand scheint zu wissen, wohin ich unterwegs gewesen war.

Ich habe gelernt und die Prüfung zur Anerkennung meines Oberschulabschlusses abgelegt.
Beim Training habe ich auch im Großen und Ganzen wieder aufgeholt...
... und ich habe Kampferfahrung.
Mir ist aber bewusst, dass es trotzdem einen »Unterschied« gibt, den ich nicht kompensieren kann.
Bitte entscheide du, ob ich dazu geeignet bin...
... dich zu begleiten.
Verstanden.
Ich setze dich mal ab, okay?
!

ST
In welcher Haltung kannst du dich gut entspannen?
Hä …?
Huckepack? Ich kann dich auch auf die Schultern nehmen.
Äh, ähm…
Ich habe nicht vor, dich wegzuschicken.
WINK
WINK

Bist du sicher...?
Es ist vielleicht komisch, wenn ich das sage, aber...
... du bist schließlich weltfremd... du könntest mich unheimlich finden oder denken, dass ich lüge...
Das...
... gilt doch für uns beide.
Vampirin
Magierin
20 Jahre inhaftiert
Zugegeben, was deine Funktion als Assistent...
... bei der Vampirbekämpfung betrifft, mag es Unsicherheiten geben.
Aber ich empfinde dich...
... auf keinen Fall als unzulänglich.

Du bist der Erste, der mich...
... an seiner Seite haben möchte...
... Isuzu Osaka.

Und deshalb …
… I…
… Isuzu!
Ja!
BZING
Bitte versprich mir Folgendes…
»Ich werde mich auf keinen Fall freiwillig für den Tod entscheiden.«
Okay?
Hä?
Du sollst dich nicht bereitwillig opfern…
… auch wenn es dazu dient, einen Vampir zu besiegen.
Aber das…
kann ich n…
Versprich, dass du nicht auf eigene Faust verschwindest.
Wenn du das nicht versprechen kannst, kann ich dir nicht vertrauen.

Das bringt mich in Schwierigkeiten.
GNH
Solange du das Versprechen hältst...
... werde ich auch nicht böse.
Hä...?
Gut, machen wir weiter mit der Inspektion.
ZAPP
Wie möchtest du getragen werden?

Kann ich an deiner Seite gehen...
... bis wir aus dem Tunnel herauskommen?
»... der mich an seiner Seite haben möchte...«
!
GNH
NICK
Fhhh...

Es läuft sich ganz leicht!
Ich will sie jetzt nicht mit Sakaki vergleichen, aber...
Schnell!
STAPF
STAPF
... sie passt ihre Schritte meinen an.
Wie lieb von ihr...
Hiah!
!
WOMM
Ah!
Alles in Ordnung ...?

BUBUMM
BUBUMM
GNH
?!
Äh?!
Nanu …?
Nanu?!
BUBUMM
BUBUMM
BUBUMM
BUBUMM
BUBUMM
BUBUMM
Da bist du ja!

ZACK
Jetzt hab ich dich, Baroque! ♡
Baroque!
WOMM
CHHH
Hä?
MH!
BTS

Kapitel 4

Vampire?!
Gleich zwei auf einmal?
Jetzt hab ich dich, Baroque! ♡
Baroque!
WOMM
ちゅ
BTS
う
CHHH
Ah!
MH!
Hä?

ちぱっ
MFFT
?!
すとん
DSUDOMM
ゴッ!!
WOCK
GUAH!
KULLER
KULLER
FLAPP
UH...

WÄÄÄÄH
Tsukuyomi! Halt ihn fest! Der ist so was von tot!!
Ich wollte doch Baroques weiche Lippen knutschen!
RABÄÄÄÄH
Nuraaabui ääbäääää!
Uwäääääääh!
AUUÄÄÄH
Nur weil du dich gleich als Erstes mit einem Kuss auf sie gestürzt hast...! Hast du dir selbst zuzuschreiben...
... Ruby!
ÄÄO
ÄÄH
KNACK

Au!
PAMM
PAMM
Eine hab ich genau ins linke Auge getroffen...
Jetzt die andere!
... ster...

Was hast du meiner kleinen Schwes- ter...
?!

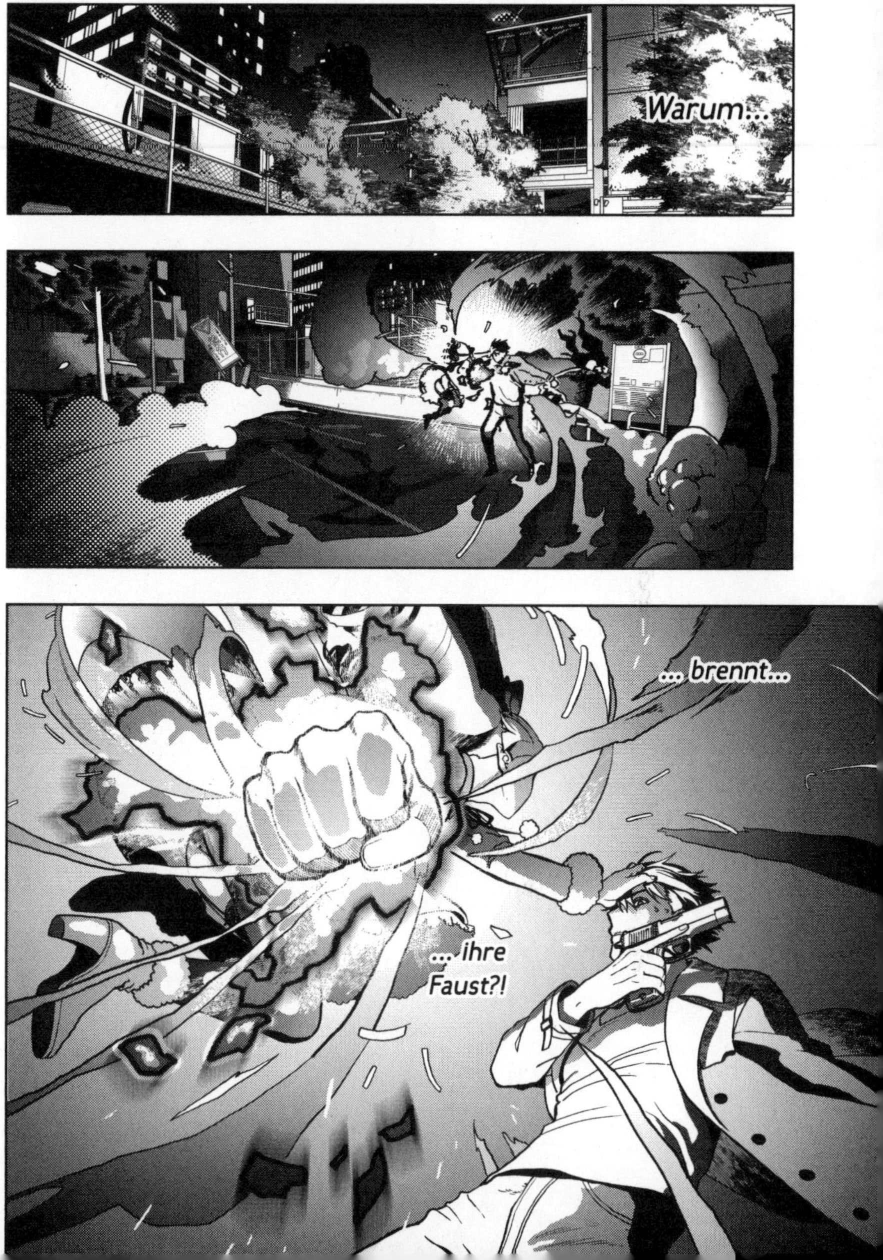
Warum...
... brennt...
... ihre
Faust?!

BOFF
Ich bin tot!

STOPP
Hä?

ドッ
PAMM
ビュッ
ZISCH
RISCH
ARGH
DOMM

WOMM
D... Das war knapp...
Baroque... diese Vampirin...

Eine »Fluchbe-setzte«...
So ein Mist! Alles verbrannt!
Gibt es hier in der Gegend einen süßen Klamot-tenladen?
PATT
PATT

Tsukumi, bist du bei Bewusstsein?
FNIAAH!
Ich verfolge Baroque, aber...
... du bleibst hier und versteckst dich.
DZUBOFF
MÜÄÄH!

Ob Baroque zur coolen Sorte gehört?
Ich hab Lust mich so richtig an sie zu kleben, damit sie aus tiefstem Herzen angewidert ist!
TSCHUPP
TSCHUPP
HAAAAH
Viele weibliche Vampire sind so hübsch, dass man sie glatt unter Denkmalschutz stellen müsste! Ich kann aus dem Vollen schöpfen! ♡
Obendrein hat Baroque...
LECK
... anscheinend eine andere Kraft als ich... ♡
PAMM
Ich muss sie um jeden Preis mit nach Hause nehmen!!
Und dann...

REIB
SCHMIEG
Hmpf!
... wird Baroque...
... die ideale Verkörperung einer coolen Schwester sein!
DE HE HE HE
Du sollst damit aufhören, Ruby!
KUUU...
Tsukuyomi, du kümmerst dich um neue Klamotten für uns!
Kann sein, dass ich die hier wieder abfackle!
STÜRM

Bist du verletzt, Isuzu?
Nein, mir geht's gut.
BTS
CHHH
Ich hab nur eine Schnittwunde im Mund...
RIESEL
...
Aha...
ヒョオオ
KUHUIIII

WISCH
Ah, Baroque... was bedeutet denn...
... »Fluchbesetzte«...?
Einige wenige Vampire verfügen über eine außergewöhnliche Kraft...
... und ich nenne sie **»Fluchbesetzte«.**
BOFF
Einzelne Exemplare besitzen also zu ihrer übermenschlichen Physis...
... auch noch die Fähigkeit, aus ihrer Hand Feuer entstehen zu lassen...?!
Die paar »Fluchbesetzten«, die mir begegnet sind, kann man an zwei Händen abzählen.
Sie haben alle möglichen Fähigkeiten.
Manche können fliegen...
... andere ihren Körper in Nebel verwandeln...

Ich weiß nicht, warum sich Vampire in »Fluchbesetzte« verwandeln, aber...
... es steht fest, dass sie dadurch zu extrem starken Vampiren werden.
Vampire, die ohnehin schon stark sind, und dann auch noch besondere Fähigkeiten haben?!
Wo bist du, Baroque?
Ich kann nicht zulassen, dass ich Baroque verliere...
Baro-que...
Sollen wir uns... zurückzie-hen...?

Wieso denn?
Hm?
Ich kann sie besiegen!
KNACK
Aber ist es nicht gefährlich, gegen eine »Fluchbesetzte« zu…
Äh …?

Denkt Isuzu, dass ich...
... schwächer bin?
!
als DAS
Huch...?! Hab ich was Falsches gesagt?!
DOWOMM
Ich bin die »Vampirkillerin«...
Ich gebe zu, eine »Fluchbesetzte« ist ein weitaus mächtigerer Gegner als normale Vampire, aber...
GRMPF
... ich habe mich natürlich vorbereitet.
Ich **habe** was Falsches gesagt...
Hier!
RASSEL
Was...

Äh... »Zähne«?
Ja! Ich habe aus der Leiche des Vampirs von gestern...
... einen Talisman zur Dämonenabwehr fabriziert.
Zähne, Hörner und Krallen werden in der Natur zur Abschreckung eingesetzt...
... mit anderen Worten, sie besitzen die Kraft, den Gegner zum »Rückzug« zu zwingen.
Diese Kraft habe ich angewendet...
... und einen Talisman zur Vampirabwehr hergestellt.
Du willst doch nicht sagen, dieser Moment, in dem sie weggeschleudert wurde...
Das ist dem Talisman zu verdanken.
PÄMM
Deine Magie ist ja fantastisch, Baroque...!

Tatsächlich könnte ich aus einer »Fluchbe-setzten«...
... ein noch wesentlich mächtigeres magisches Item herstellen.
Sogar eins, mit dem man eine große Anzahl von Vampiren besiegen kann!
SPÄH
Fantastisch...! Das kannst du?!
ぱっ
PANG
»Fantastisch«...
»Fantastisch«...
GNH

Ich nehm dich mit nach Hause! ♡
Baro-que...
BWU
SCH

DO
WO
MM
!
Bring dich in Sicherheit, Isuzu!
TAMM
Brauchst du irgendetwas, Baroque?
HUST
HUST

Zwei Särge für die beiden Damen, bitte!
Wird erledigt...!
GH

ドオ…ン
DOOOOUMM
Hallo? Hier Osaka!
ガシャン
SCHEPPER
Ja, Baroque kämpft gerade.
Ja, sie sagt, dass wir zwei Vampirleichen…
… mit zurückbring…
…en …

Hey, was ist los, Osaka?

Verdammt!
Äh?
ERRÖÖÖÖT
He, Osaka!
Äh?!
Aäh?!
ZACK
WUSCH
Daaa!

UGH!
PTSCHHHH
Waah, Mensch!
Was fällt dir…
GAH!
KRANG

TACK
... ein!
SST
GH!
WOCK
Nanu ...?
GAPP

Das ist doch der Kleine, den Ruby vorhin geküsst hat!
Wie war das noch, wollte sie ihn töten?
Hmm... Ich nehm ihn wohl besser mal mit.
GRABSCH
GAH!
SCHLEIF
GAAAAH!
SCHLEIF
GAH!
HIH!
GAH!
SCHMIER
...

Der riecht aber gut...
GAH!
WOCK
Er gehört zwar Ruby, aber... nur mal kurz...
HAPP
!

Nee, oder...?! Meine Güte, dieses Blut...
Hmm!
... ist ja unfassbar köstlich!
Hmm!
PRESS
Mein Beschluss steht fest! Ich werde seine Herrin...
... und halte mir diesen Kerl als Schoß-hund!
FORTSETZUNG FOLGT....

Tsukuyomi bittet Isuzu, der durch seinen Gedächtnisverlust ein starkes Verlangen nach zwischenmenschlichen Verbindungen hat, mit ihr eine »Familie« zu bilden. Isuzu kennt mittlerweile auch die wahren Hintergründe für Baroques Liebe... Im Kampf vs. Ruby & Tsukuyomi fällt die Entscheidung. Dann gibt es eine plötzliche Annäherung zwischen Isuzu und Baroque...

My Dear Curse-Casting Vampiress

ist eine japanische Serie, die originalgetreu von »hinten« nach »vorne« und von rechts nach links gelesen wird! Schlagt das Buch also »hinten« auf und blättert Seite für Seite nach »vorne« weiter! Auch die Bilder und Sprechblasen werden von rechts oben nach links unten gelesen, wie es in der Grafik gezeigt wird! Wir wünschen gute Unterhaltung!

HAYABUSA
Carlsen Verlag GmbH · Hamburg 2023
Aus dem Japanischen von Antje Bockel
BOKU NO NOROI NO KYUKETSUKI vol.1

Logoentwicklung: Peter Mrozek
Redaktion: Germann Bergmann
Herstellung: Maria Niemann

ISBN: 978-3-551-62363-8

DON'T CURSE THE FALCON
www.hayabusa-manga.de
www.carlsen.de
hayabusa_manga
HayabusaTweets